AF509683

ALMA TRIV...
Ferdensis omnibus Curiosis
utcunque conditionis D. D. D.
Nürnbergische Prospecten.
Erster Theil.
gezeichnet und in Kupffer gebracht von Johann Adam Delsenbach Anno 1715
Vües de Nuremberg.
Premiere Partie.
dessinées et gravées par Jean Adam Delsenbach. An. 1715

Prospect auf der Vestüng, die Freyüng genañt, in Nürnberg.
a die Veijsrt Vürg. b. die St: Margareta Kirche. c. der Vatner Thürn.
d. die St: Walburgis Kirche.
Vüe du Château Imperial sur la Place dite freyüng, à Nuremberg.
a le Chateau. b l'Eglise de St: Marguerite. c la Tour du Château. d. l'Eglise.
e St: Walbourg.
Joh: Adam Delsenbach ad: vivum delin: 174.

Prospect des Plaßes, der Villing=hof genañt, zu Nurnberg.
a. die im Bau=begriffene neue Egidier-Kirche, welche in. 1696. den ... julij. völlig abgebrant.
b. das Wellerische Haus. c. Jn Goßische Häußer.
Joh. Adam Delsenbach del. et Sculps. ...

Vüe de la Place, dite Dilling=hof, à Nüremberg.
a. La nouvelle Eglise St. Gilles, que l'on va rebâtir, laquelle fut mise en cendre l'an 1696 le ... juillet. b. La Maison des Bilers c. Maisons des Im Hof.

Prospect des Nürnbergischen Rath-haußes gegen die Vestung hinauf samt
der Huldigung an Ihr: Kayser: Maist: Carl. den VI. Anno 1712 d. 18 Jan.
a. die Sebalder Kirche. b die Prediger Kirche samt dem Closter worinn die kostbare Bibliothec zu lesen
ist. c. die Ehren-Pforte, welche vor Ihr: Kaiser: Maj: allda aufgerichtet wurde.

Vüe de l'Hôtel de la Ville de Nuremberg vers le Château Imp.al
avec l'hommage qu'on y rendit à Sa Maj. Imp. Charles VI. l'an 1712. le 18 Jan.
a. l'Eglise St. Sebald. b. l'Eglise aux Dominicains avec le couvent où l'on voit la precieuse
Bibliotheque c. L'Arc Triomphal qu'on y dressa pour Sa Maj. Imp.

Joh. Dan. Delsenbach. del. et sculpsit. Iena 1712.

Vorstellung des einen Theils von der Schütt zu Nürnberg, wo
die Pegniz in die Stadt fließet.
a. die Pegniz b. die Fischgrübe.
Représentation d'une partie de l'isle à Nuremberg, où le
pegniz coule dans la Ville.
a. le pegniz b. le reservoir à poissons.
Joh. Adam Delsenbach, del. et sculpsit.

Vorstellung deß andern Theils von der Schütt zu Nürnberg.
a. Die Laurenzer Kirche. b. das Catharina Closter. c. die Barfüsser Kirche.
d. Gefängnüße, die Lochen genant.

Représentation de l'autre partie de l'isle, à Nuremberg
a. l'Eglise de St. Laurent b. le Cloitre de St. Catherine c. l'Eglise aux Franciscains
dechaussés. d. prisons, dites Lochen.
Ioh. Adam Delsenbach del. et sculp. aqf.

Prospect dreijer steinerner Brücken zü Nürnberg über den
Pegnitz Flüß gebauet.
a die Schlide-brücke. b die flößige oder Barfüsser-brücke. c die Fleisch-brücke. d der Spital samt der
heil. Geist Kirche. e die Barfüsser: Kirche. f die Findel. g das Züchthaus.

Vue de trois ponts de pierres à Nüremberg, bâtis sur le
fleuve de pegniz.
a le pont dit Schuldbrucken. b le pont royal ou aüx déchaussés. c le pont de la boucherie. d l'Hôpital avec l'Eglise du St Esprit. e l'Eglise aux Franciscains déchaussés. f maison des exposés. g la Discipline.

Ioh. Adam Delsenbach del. et sculpsit 1714.

Die Königs=brücken, insgemein Barfußer=brücken genañt, zu Nürnberg.
a. das Viatische Haus b. die Barfüßer Kirche c. das Zucht haus d. die Findel e. ein Theil vom Spital f. das Catharina Closter.

Le Pont Royal, ordinairement nommé le Pont aux déchaussés, à Nuremberg.
a. la Maison des Viatis b. l'Eglise aux Franciscains dechaussés c. la Discipline d. Maison des exposés e. une partie de l'hôpital f. le Cloître de St. Catharine.

Joh. Adam Delsenbach delin. sculps. et exc. 1715.

Vorderes Ansehen der Kirchen zu St: Lorenzen in Nurnberg.
a. die Schul zur Kirchen gehörig. b. der armen Kinder Schul.
Ioh. Adam Delsenbach del: et sculpsit. 1715.
Façade de l'Eglise de St Laurent, à Nuremberg.
a. l'Ecole apartenant à l'Eglise. b. l'Ecole des pauvres Enfans.

Der Platz bey der Rosen genañt, am Kornmarckt in Nürnberg. La Place dite à la Rose sur le marché au blé à Nuremberg.
a. die St: Salvators Kirche. b. der weiße Thurn. a. l'Eglise de St: Sauveur. b. la Tour blanche.
Joh: Adam Delsenbach del. et sculp:

Der Neüe=Bau, zu Nürnberg.
a. die Wasser-leitüng. b. St. Sebald. c. St. Laurentzen. d. die Pegnitz

La Place neufve de Nuremberg.
a. le conduit d'eau. b. St. Sibald. c. St. Laurent. d. le Pegnitz.

Prospect des Plahes beym Thiergärtner Thor. in Nürnberg.
a. das Thiergärtner Thor b. der Neue Thurm c. das Haus worinn der berühmte Künstler
Albrecht Dürer gewohnt auch allda verschieden Anno. 1528. den. 6 Aprill.
Joh: Adam Delsenbach. Del: et sculps: 1714.

Vüe d'une Place de Nuremberg auprés de la Porte dite du Parc.
a. la Porte dite du Parc: b. la Tour neufve c. la maison où demeura le fameux Artiste
Albert Durer, il y mourut aussi l'an 1528. le 6. Avril.